KB251232

핑구와 함께 하는,
100문 100답

©2026 JOKER.
The Pingu name and character and the Pingu knapsack logo
and pin-gu and face logo are trademarks of JOKER.

©2026 HIT Entertainment Limited.
HIT and the HIT logo are trademarks of HIT Entertainment Limited.

©2026 Mattel. ® and ™ designate U.S. trademarks of Mattel, except as noted.

북로그컴퍼니

이 책은 단순한 기록을 넘어, 일 년에 총 세 번을 작성하며 객관적인 '자기 점검'을 수행하고 성장을 확인하는 도구입니다. 핑구와 함께하는 이 과정을 통해 스스로 변한 것들과, 그렇지 않은 것들을 확인하세요.

가장 솔직한 답변으로 첫 번째 기록을 마친 후, 약 4~5개월 간격으로 같은 질문에 다시 답을 채워 넣으세요. 세 번의 기록 속에 담긴 '변화'와 '일관성'을 비교하는 것이 이 책의 핵심 사용법입니다. 이 비교를 통해 기록한 당시의 목표와 환경, 결정의 이유, 그리고 그 과정에서 겪었던 감정을 시간의 흐름 속에서 되돌아볼 수 있게 될 것입니다.

답변을 예쁘게 꾸미려 애쓰지 마세요. 이 책은 당신과 핑구, 단 둘만을 위한 일기이자 고백이므로, 당시의 생각과 감정을 있는 그대로 기록하는 것이 가장 좋습니다. 또한, 각 장을 시작하기 전 에세이를 먼저 읽고 해당 주제에 대한 충분한 생각의 시간을 가진 후 답변을 시작해보세요. 이 기록은 당신의 1년을 가장 명확하게 비춰주는 성장의 거울이 되어줄 것입니다.

차례

The South Pole
뽀~ 뽀~

일상의 순간들

오늘 하루 나에 대한 이야기

펑구는 아침에 일어나는 걸 정말 힘들어 해요. 엄마가 깨워주지 않으면 이불 밖으로 나오지 못하는 펭귄이죠! 그렇지만 기대되는 일이 있는 날엔 알람보다 먼저 눈이 떠진다고 합니다. 당신도 그런 적이 있지 않나요?

하루를 살아낸다는 건 생각보다 복잡합니다. 하루 종일 기분이 오르락내리락하기도 하고, 아무 일도 없었는데 괜히 우울한 날도 있죠. 사람들 틈에 있으면서도 혼자인 것 같고, 웃고 있지만 사실 속으로는 눈물을 참고 있을 때도 있어요. 그럴 때마다 펑구는 생각합니다. "너 지금 어떤 기분이야?" "오늘 너의 하루는 어땠어?"

그 질문들에 조금씩 답하다 보면 신기하게도 스스로의 마음이 조금씩 보이기 시작할 거예요. 오늘이 기분 좋은 하루였는지, 아니면 그냥 '버텨낸 하루'였는지, 그 하루 속에 어떤 내가 숨어 있었는지. 그래서 이 책의 첫 장은 이렇게 열기로 했습니다. 아주 특별하지는 않아도, 매일 반복되는 평범한 하루 속 나의 기록.

이 장의 질문들은 어쩌면 사소해 보일 수도 있어요. 하지만 그 대답 속에는 당신의 '진짜'가 담길 거예요. 어쩌면 지금의 당신은 모를 수도 있지만, 시간이 지나면 알게 될 거예요. "그때 나는 그렇게 살고 있었구나."

그러니까 솔직하게 써주세요. 예쁘게 쓰지 않아도 괜찮습니다. 누구에게 보여주려고 적는 게 아니니까요. 그저 당신의 마음을 들여다보기 위한 거예요. 이건 당신이 잘 살고 있다는 증거입니다. 하루를, 자신을, 마음을 돌아보는 그 행위 자체가 이미 충분히 용기 있는 일이니까요.

당신의 아침은 어떤 모습으로 시작되나요?
지금처럼 유지하고 싶은 점, 또는
바꾸고 싶은 점이 있다면 어떤 걸까요?

년   월   일

년   월   일

년　　월　　일

끄적끄적

매일 매일 반복하는 습관에는
어떤 것들이 있나요?

년　　　월　　　일

년　　　월　　　일

년   월   일

끄적끄적

최근에 가장
즐거웠던 때는 언제인가요?

년　　월　　일

년　　월　　일

년   월   일

끄적끄적

왠지 자꾸 미루거나
회피하게 되는 일이 있나요?

년   월   일

년   월   일

년   월   일

끄적끄적

하루 중 가장
소중한 시간은 언제인가요?

년   월   일

년   월   일

핑구는 가족들이랑 밥 먹는 시간을 가장 좋아해요.

년   월   일

끄적끄적

어떤 일을 할 때에 에너지 소모가 가장 큰 것 같나요?

년   월   일

년   월   일

년   월   일

끄적끄적

요즘 즐겨 듣는 노래는 뭔가요?

년   월   일

년   월   일

년   월   일

끄적끄적

오늘 당신의 하루를 책으로 쓴다면
제목을 뭐라고 할 건가요?

년   월   일

년   월   일

년   월   일

끄적끄적

당신은 무슨 일을 할 때
가장 몰입이 잘 되나요?

년　　　월　　　일

년　　　월　　　일

년   월   일

끄적끄적

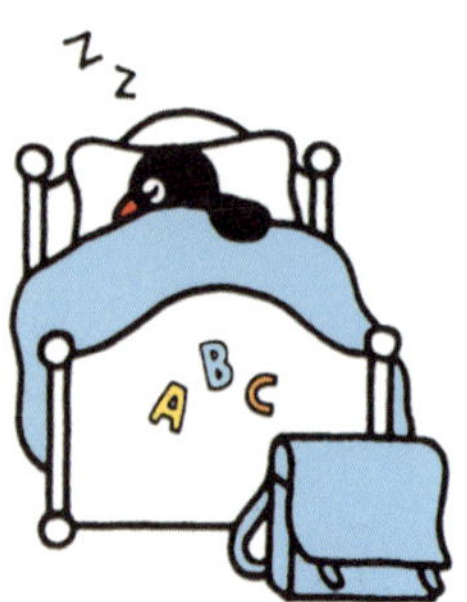

Q10

잠들기 전에
꼭 하는 일은 뭔가요?

년　　월　　일

년　　월　　일

년   월   일

끄적끄적

내일의 당신에게
해주고 싶은 한마디는 무엇인가요?

년   월   일

년   월   일

핑구라면 이렇게 말할 거예요

"눗눗!"

년   월   일

끄적끄적

2

감정과 기분

오늘 하루는 어땠나요? 아무도 눈치채지 못하도록 당신의 기분을 가짜 웃음 뒤에 꼭꼭 숨겨두느라 하루 종일 고생했을지도 몰라요. 펭구도 그래요. 신나게 눈썰매를 타다가도, 갑자기 썰매가 멈추면 아무 이유 없이 마음이 쿵 하고 가라앉을 때가 있거든요. '왜 이러지? 나 괜찮은데?'라고 생각하지만, 사실 괜찮지 않은 순간들이 쌓이고 쌓여서, 우리는 가끔 내 마음이 어떤 모양인지조차 알기 어렵게 되죠.

슬픈 걸 인정하면 약해 보일까 봐, 화를 내면 나쁜 사람으로 보일까 봐 우리는 두려워합니다. 그래서 감정의 경계선이 무너져도 '괜찮아' '별일 아니야'라고 덮어버리는 데 익숙해졌죠. 마치 아무도 살지 않는 깊은 바닷속에 소중한 보물을 숨겨두려는 것처럼 말이에요. 하지만 당신이 무시하고 외면했던 그 감정들은 사실 가장 정직한 신호이자, 당신의 진짜 마음을 지키기 위한 방어막이었을 거예요.

분노는 '이건 불공평해!', 슬픔은 '나는 위로받고 싶어'라고 온몸으로 외치고 있는 거예요. 이 신호를 무시하면, 당신의 진짜 소중한 마음은 아무도 모르게 상처받고 계속 움츠러들게 됩니다. 당신이 이 책의 질문에 답하며 해야 할 가장 중요한 일은, 그 숨겨진 감정들을 하나하나 꺼내 이름표를 붙여주는 거예요.

펑구는 화가 나면 '억울함'이라는 이름을, 눈물이 나면 '깊은 외로움'이라는 이름을 붙여요. 이름이 붙는 순간, 그 복잡했던 감정은 더 이상 날 휘두르는 무서운 괴물이 아니라, 내가 이해하고 보듬어줄 수 있는 '나의 일부'가 되거든요. 당신도 그렇게 해보면 좋겠어요. 그러면 당신은 그 감정을 두려워하며 숨기는 대신, '아, 오늘은 내가 이런 걸 느끼고 있구나' 하고 담담하게 마주할 용기를 얻게 될 거예요.

가장 솔직한 감정들을 기록하는 이 행위 자체가, 당신의 마음을 지키고 스스로를 다독이는 최고의 위로입니다. 그러니까 솔직하게, 당신의 마음이 시키는 대로 써도 괜찮습니다.

요즘 들어 가장 자주
느끼는 감정은 무엇인가요?

년   월   일

년   월   일

년   월   일

끄적끄적

최근 당신의 마음을 요동치게
만든 일은 무엇이었나요?

년　　　월　　　일

년　　　월　　　일

년   월   일

끄적끄적

최근에 당신을 화나게 했던
사람이나 상황은 무엇인가요?

년   월   일

년   월   일

년   월   일

끄적끄적

당신이 우울해지거나
슬퍼지는 순간은 언제인가요?

년   월   일

년   월   일

년   월   일

끄적끄적

부정적인 감정을
극복하는 당신만의 방법은 뭔가요?

년   월   일

년   월   일

년   월   일

끄적끄적

요즘 당신에게 가장 큰 위로가 되어주는 건 뭔가요?

년   월   일

년   월   일

년   월   일

끄적끄적

당신의 감정을 가장 솔직하게
드러낼 수 있는 사람은 누구인가요?

년   월   일

년   월   일

년　　월　　일

끄적끄적

스스로가 자랑스러운
순간은 언제인가요?

년   월   일

년   월   일

년   월   일

끄적끄적

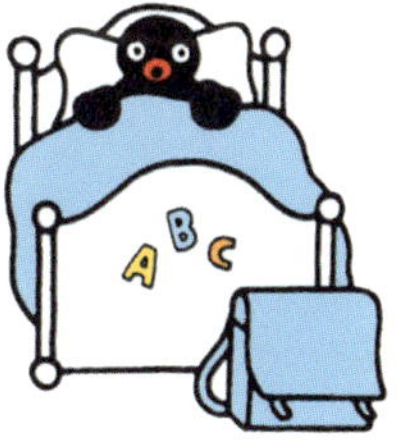

최근에 가장 행복한 일은 무엇이었나요?

년   월   일

년   월   일

년   월   일

끄적끄적

너무 슬픈 순간에
당신이 가장 먼저 찾는 장소는 어디인가요?

년   월   일

년   월   일

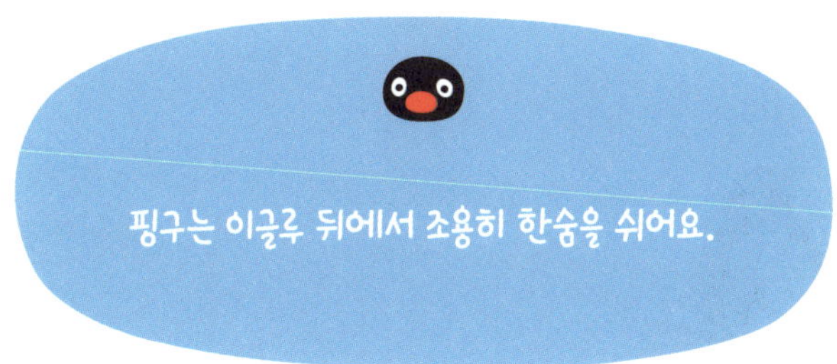

년   월   일

끄적끄적

지금 당신의 마음을
원그래프로 그려본다면,
어떤 감정이 몇 퍼센트를 차지할까요?

년   월   일

년   월   일

년   월   일

끄적끄적

관계와 사람

펭귄은 혼자서는 살 수 없는 동물입니다. 늘 무리 속에 섞여 살아요. 당신도 그렇죠? 매일 만나는 가족부터 학교나 회사 사람들, 어쩌다 한번 연락하는 친구까지, 우리 주변은 수많은 사람들의 조각들로 채워져 있어요. 그리고 그 관계 속에서 당신은 매 순간 '어떤 사람'으로 행동해야 할지 고민하고 있을 겁니다.

우리는 가끔 내가 아닌 다른 모습으로 관계를 맺으려고 애쓰기도 하죠. 미움을 받기 싫어서, 외톨이가 되기 싫어서, '좋은 사람'의 가면을 쓰고 진짜 모습을 숨겨요. 하지만 그렇게 억지로 만들어낸 관계는 결국 당신의 마음을 지치게 만들 뿐이에요.

당신은 이 질문들에 답하면서, 주변 사람들을 통해 '진짜 나'를 발견할 수 있을 겁니다. 왜냐하면 관계는 당신의 모습을 비춰주는 가장 정직한 거울과 같거든요. 가장 잘 아는 친구가 말하는 당신의 장점, 고마움을 느끼는 순간의 감정, 심지어 멀어지고 싶어 하는 사람에게서도 당신이 무엇을 소중히 여기고 무엇을 두려워하는지 배울 수 있어요.

가장 소중한 관계는 당신을 있는 그대로 받아주는 관계입니다. 당신이 가장 힘들 때 떠올리는 그 한 사람, 그 관계가 당신에게 진정한 안식처를 제공해주는 것처럼 말이에요. 이 책을 통해 당신이 어떤 관계를 지키고 싶은지, 어떤 관계를 정리하고 싶은지 솔직하게 기록해보세요.

당신의 마음이 편안해지는 관계, 나를 더 나답게 만들어주는 사람들을 발견한다면, 당신은 이 넓은 세상 속에서 결코 혼자가 아닐 거예요.

지금 이 순간
가장 보고 싶은 사람은 누구인가요?

년   월   일

년   월   일

년　　월　　일

끄적끄적

요즘 가장 자주 연락하는 사람은 누구인가요?
그 사람과 주로
무슨 얘기를 나누나요?

년   월   일

년   월   일

년   월   일

끄적끄적

Q25

당신에게 '절친' 이라고 부를 수 있는
친구가 있나요?
그 친구는 당신을 어떻게 대하나요?

년   월   일

년   월   일

년   월   일

끄적끄적

슬프거나 속상할 때
가장 먼저 떠오르는
사람은 누구인가요?

년   월   일

년   월   일

핑구는 울고 싶을 때 엄마를 가장 먼저 떠올려요.

년   월   일

꼬적꼬적

최근에 누군가에게
고마운 마음을
느꼈던 순간이 있나요?

년　　　월　　　일

년　　　월　　　일

년   월   일

끄적끄적

멀어지고 싶은 사람이 있나요?
있다면 이유는 무엇인가요?

년   월   일

년   월   일

년   월   일

끄적끄적

요즘 가장 그리운 사람이나
시절이 있다면 언제인가요?
왜 그때가 유난히 떠오르나요?

년   월   일

년   월   일

년   월   일

끄적끄적

당신은 사랑을 주는 게 더 좋은가요, 아니면 사랑을 받는 게 더 좋은가요?

년   월   일

년   월   일

년   월   일

끄적끄적

친한 친구가 지금 당장
100만 원을 빌려달라고 한다면
당신은 어떻게 반응할 것 같나요?

년   월   일

년   월   일

년   월   일

끄적끄적

당신의 롤모델은 누구인가요?
그 이유도 함께 적어보세요.

년   월   일

년   월   일

년   월   일

끄적끄적

주변 사람들이 당신을
어떤 사람이라고
생각했으면 좋겠나요?

년   월   일

년   월   일

년   월   일

끄적끄적

post

4

친구와 우정

우정은 추운 겨울날 함께 나누는 따뜻한 코코아 같아요. 혼자라면 얼어붙었을 마음도 친구와 어깨를 맞대면 금방 훈훈해지니까요. 함께 썰매를 타고 얼음낚시를 하며 웃음을 나누는 순간, 펑구는 친구 로비의 소중함을 더 많이 느끼곤 합니다.

당신 곁에는 지금 마음을 나눌 친구가 있나요? 친구 앞에서만 나오는 당신의 가장 편안하고 장난스러운 모습은 어떤가요? 가끔은 사소한 일로 토라지기도 하지만, 미안하다는 말 한마디에 눈 녹듯 마음이 풀리는 경험도 했을 거예요. 진짜 우정은 나의 멋진 순간뿐만 아니라, 가장 서투르고 부족한 모습까지도 말없이 안아주는 든든한 힘입니다.

우정에서 가장 중요한 건 '함께' 즐거워지는 것이지, 나를 억지로 바꾸는 게 아니에요. 펑구가 로비와 함께할 때 가장 펑구다워지듯이, 당신을 더 나답게 만들어 주는 친구가 곁에 있나요? 서로의 다름을 인정하며 든든한 버팀목이 되어주는 법을 배우는 것, 그것이 우정이 주는 선물입니다.

때로는 바쁜 일상에 치여 연락이 뜸해지기도 하고, 각자의 길을 걷느라 만남의 간격이 길어지기도 해요. 하지만 진짜 친구는 오랜 시간이 흘러도 다시 만났을 때 어제 헤어진 것처럼 자연스럽게 대화가 이어지는 사람이에요. 그 편안함과 익숙함이야말로 우정이 얼마나 단단한지를 보여주는 증거랍니다.

　지금 당신의 우정 온도는 몇 도인가요? 친구와 함께한 소중한 기억들을 떠올리며, 당신의 마음을 솔직하게 기록해보세요.

당신은 친구들에게
어떤 모습의 친구로 기억되고 싶나요?

년   월   일

년   월   일

년   월   일

끄적끄적

친구가 말하기 힘든 고민이 있을 때, 당신은 무엇을 해줄 수 있나요?

년　　월　　일

년　　월　　일

년   월   일

끄적끄적

당신의 곁에서 가장 오랜 시간 함께한 친구는 누구인가요?

년   월   일

년   월   일

년   월   일

끄적끄적

친구에게 차마 말하지 못했던
고마운 마음이나
미안한 기억이 있나요?

년   월   일

년   월   일

핑구는 로비에게 생선을
양보하고 싶지 않았던 마음이 미안해요.

년   월   일

끄적끄적

친구가 힘든 일을 겪을 때, 당신은 주로 어떤 방식으로 위로를 건네나요?

년   월   일

년   월   일

년   월   일

끄적끄적

'진짜 친구'라면 이것만큼은
꼭 지켜줬으면 하는
당신만의 선이 있나요?

년   월   일

년   월   일

핑구는 친구가 자기 허락 없이
보물 1호를 건드리는 건 싫어해요.

년   월   일

끄적끄적

최근 친구와 함께
배꼽 잡고 웃었던 가장 웃긴
에피소드는 무엇인가요?

년   월   일

년   월   일

년   월   일

끄적끄적

친구의 성공이나 기쁜 소식을 들었을 때, 당신의 솔직한 기분은 어땠나요?

년   월   일

년   월   일

년   월   일

끄적끄적

친구와 함께했던 여행이나 장소 중, 가장 잊지 못할 풍경은 어디인가요?

년   월   일

년   월   일

년   월   일

끄적끄적

친구가 당신의 단점을 지적한다면, 당신은 그 말을 어떻게 받아들이나요?

년   월   일

년   월   일

년   월   일

끄적끄적

친구와 절교하고 싶을 만큼
서운했던 순간이 있었다면 언제였나요?

년   월   일

년   월   일

년   월   일

끄적끄적

도전과 꿈

넘어지는 연습, 10년 후의 나를 만나다

펭구는 썰매를 탈 때 넘어지는 걸 두려워하지 않아요. 넘어지는 건 다시 일어설 기회가 있다는 뜻이고, 또 더 빠르고 멋지게 달릴 수 있는 새로운 방법을 배울 수 있다는 뜻이니까요. 당신도 그렇지 않나요? 새로운 일에 발을 내딛을 때, 심장이 쿵쾅거리고 손끝이 떨리는 그 순간이 바로 도전의 시작이죠.

하지만 우리는 자꾸 주저하게 됩니다. '혹시 망치면 어쩌지?' '사람들이 비웃지는 않을까?' '이 노력 자체가 헛된 건 아닐까?' 하는 걱정들 때문에 말이에요. 10년 전 당신이 가졌던 꿈이 지금의 삶과 완전히 달라도 괜찮습니다. 꿈은 빙하처럼 움직이는 거니까요. 중요한 건, 그 꿈을 향해 나아가는 과정에서 당신이 얼마나 진심이었고, 얼마나 용기를 냈는지 스스로 기억하는 거예요.

이 장의 질문들을 보며 '꿈'을 너무 거창하게 생각하지는 않았으면 좋겠습니다. 꿈은 10년 뒤의 모습일 수도 있고, 아니면 그냥 오늘 하루 내가 살고 싶은 모습을 실현하는 것일 수도 있어요. 당신이 무엇을 위해 노력하고 있는지, 실패했을 때 당신 스스로에게 어떤 따뜻한 말을 해줄 수 있는지 천천히 생각하며 적어 내려가보세요.

실패는 당신을 멈추게 하는 벽이 아니라, 당신이 다음번에 어디로 가야

할지 알려주는 나침반과 같아요. 그러니까 주저했던 모든 순간들, 용기를
내서 부딪혔던 모든 일들을 여기에 남김없이 채워보세요.

'도전'을 해본 경험이 있나요?
어떤 일이었고 그 결과는 어땠나요?

년   월   일

년   월   일

년   월   일

끄적끄적

무언가를 해내기 위해
열심히 노력했던 경험이 있나요?

년   월   일

년   월   일

년   월   일

끄적끄적

Q47

10년 전에 당신이 꾸었던
꿈은 무엇이었나요?
지금의 삶과 그 꿈이 얼마나 맞닿아 있나요?

년　　　월　　　일

년　　　월　　　일

핑구는 예전에 하늘을 나는 펭귄이 되고 싶었어요.
아직 못 날지만, 대신 마음은 늘 둥둥 떠 있죠.

년   월   일

끄적끄적

무언가 시도하려다가도 주저하거나 쉽게
포기할 때가 있을 거예요.
주로 어떤 이유로 그럴까요?

년　　월　　일

년　　월　　일

년   월   일

끄적끄적

"한 번쯤 도전해봤으면 좋았을 텐데"
하는 아쉬운 일이 있나요?

년   월   일

년   월   일

년   월   일

끄적끄적

새롭게 도전했으나
실패하게 됐을 때, 스스로에게
해주고 싶은 말은 무엇인가요?

년   월   일

년   월   일

년   월   일

끄적끄적

Q51

주변에 하고 싶은 건 일단 다 해보는
'도전 대장'은 누구인가요?

년   월   일

년   월   일

년   월   일

끄적끄적

현재 하고 있는 일에 대한
당신의 만족도는 몇 점인가요?

년   월   일

년   월   일

년   월   일

끄적끄적

앞으로 도전하거나 새롭게 시도해보고 싶은 일은 무엇인가요?

년　　　월　　　일

년　　　월　　　일

년   월   일

끄적끄적

10년 후의 당신은 어떤 모습으로,
무슨 일을 하며 살고 싶나요?

년　　월　　일

년　　월　　일

년   월   일

끄적끄적

“꿈은 되고 싶은 것이 아니라
살고 싶은 모습이다”라는 말이 있죠.
이런 면에서 당신의 꿈은 무엇인가요?

년   월   일

년   월   일

년   월   일

끄적끄적

좋아하는 것과 싫어하는 것

나를 완성하는 취향의 목록

내가 좋아하는 것들이 모여서 지금의 '나'를 만드는 게 아닐까요. 펭귄은 눈 덮인 언덕을 좋아하고, 썰매 타는 걸 제일 신나 하고, 친구들과 시끄럽게 떠드는 걸 즐깁니다. 만약 펭구가 이런 것들을 좋아하지 않았다면, 지금과는 완전히 다른 펭귄이 되었을 거예요.

좋아하는 단어 하나, 자주 듣는 노래 한 곡, 쉬는 날 꼭 하고 싶은 일 하나하나가 당신 마음의 온도를 맞춰주는 소중한 재료들입니다. 이 재료들을 깊이 들여다보는 건, 결국 내가 어떤 상황에서 가장 행복한지, 어떤 가치에 움직이는지를 알아내는 중요한 과정이에요.

반대로, 싫어하는 것들도 아주 중요한 역할을 합니다. 우리가 왜 그 음식을 안 좋아하는지, 왜 그 상황을 피하고 싶은지 곰곰이 생각하다 보면, 당신이 지키고 싶은 삶의 방식이나 마음의 평화가 무엇인지 알게 되거든요. 싫은데도 억지로 해야만 하는 일(숙제나 잔소리 듣기 같은 것들)을 기록하는 건, 당신이 힘든 상황에서도 이 하루를 잘 버텨내고 있다는 걸 스스로 인정해주는 일이기도 해요.

이 장의 질문들은 당신에게 '취향'이라는 이름의 보물지도를 완성할 기회를 줄 거예요. 이 지도를 완성하고 나면, 당신은 복잡한 세상 속에서도 당신의 마음이 원하는 곳으로 정확하게 걸어갈 수 있게 될 겁니다.

이제 당신의 삶을 채우는 좋고 싫음의 목록을, 마음이 시키는 대로 가득 채워보세요.

당신이 좋아하는 단어 한 가지와
그 단어를 좋아하는
이유를 말해주세요.

년   월   일

년   월   일

년   월   일

끄적끄적

요즘 당신을 가장
기분 좋게 만드는 일은 무엇인가요?

년   월   일

년   월   일

년   월   일

끄적끄적

원래는 아니었지만,
최근 들어 좋아하게 된 게 있나요?
그 이유는 무엇인가요?

년　　　　월　　　　일

년　　　　월　　　　일

년   월   일

끄적끄적

쉬는 날에는 혼자서 무얼 하고 싶나요?

년　　　월　　　일

년　　　월　　　일

년   월   일

끄적끄적

당신이 요즘 가장 좋아하는 사람 세 명과
그 이유를 말해주세요.

년   월   일

년   월   일

년   월   일

끄적끄적

오늘 당신을 웃게 만들었던
일은 뭔가요?

년   월   일

년   월   일

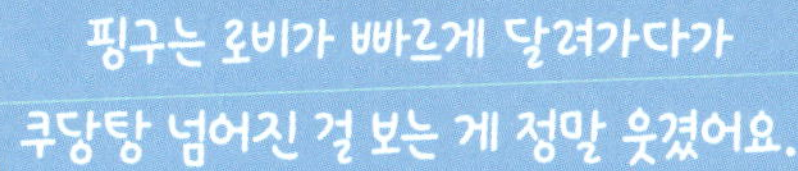

년   월   일

끄적끄적

평생 좋아하고 싶다고
생각하는 것 딱 하나가 있다면 무엇인가요?

년   월   일

년   월   일

년   월   일

끄적끄적

당신이 싫어하는 것 세 가지와
그 이유를 말해주세요.

년　　　월　　　일

년　　　월　　　일

핑구는 공부, 지루함, 혼나는 걸
가장 싫어해요.

년   월   일

끄적끄적

155

살다보면 싫어도 해야 하는 일이 있죠.
당신에겐 그 일이 무엇인가요?

년   월   일

년   월   일

년   월   일

끄적끄적

예전에는 좋아했지만, 지금은 더 이상
좋아하지 않게 된 게 있나요?

년   월   일

년   월   일

년   월   일

끄적끄적

이 책의 질문에 답을 채워가는
당신의 마음은 좋은 쪽에 가깝나요
싫은 쪽에 가깝나요?

　　　　년　　　월　　　일

　　　　년　　　월　　　일

년   월   일

끄적끄적

나답게 살기

펭구는 뒤뚱뒤뚱 걷고, 가끔은 너무 고집불통이고, 신나는 일이 생기면 정신없이 소리를 질러요. 이 모든 모습이 펭구를 만들었죠. 당신은 가장 나다울 때가 언제라고 생각하나요? 그리고 그 '나다운 모습'을 스스로 사랑하고 있나요?

우리는 살면서 끊임없이 남에게 잘 보이기 위해, 혹은 스스로 완벽해지기 위해 애씁니다. 하지만 자신의 장점을 칭찬하면서도, 단점 때문에 부끄러워하기도 하죠. 사실 단점이라는 건, 장점이 너무 강해서 생긴 그림자일 때가 많아요. 예를 들어, 너무 급하게 행동하는 건 사실 당신에게 '강한 추진력'이 있다는 뜻일 수도 있거든요. 그러니 당신이 고치고 싶은 단점과 주변 사람들이 말해주는 좋은 점들을 여기에 나란히 기록해보세요. 그 두 목록이 합쳐진 것이 바로 '진짜 나'의 모습이니까요.

우리는 모두 실수를 반복합니다. 펭귄도 얼음 위에서 자주 미끄러지거든요. 하지만 넘어지는 것에 익숙해지면, 다음번엔 어떻게 균형을 잡아야 할지 알게 돼요. 당신이 자주 반복하는 실수와, 현재의 당신을 만든 가장 큰 경험을 여기에 적어 내려가보세요. 그 기록들은 당신이 얼마나 열심히 하루하루를 살아왔는지 보여주는 가장 확실한 증거가 될 거예요.

과거의 나에게 따뜻한 조언을 해줄 수 있다면, 당신은 이미 지금의 당신을 충분히 이해하고 사랑하고 있다는 뜻입니다. 이 책을 채우는 동안, 당신의 모든 모습(좋은 점과 고치고 싶은 점, 심지어 자주 저지르는 실수까지)을 있는 그대로 받아들여 주세요. 이 기록은 당신을 더 멋진 '나'로 성장하게 할 가장 든든한 설계도가 될 거예요.

당신이 생각하는
스스로의 장점을
세 가지 이상 적어보세요.

년   월   일

년   월   일

년   월   일

끄적끄적

당신이 생각하는
당신의 단점을
세 가지 이상 적어보세요.

년   월   일

년   월   일

년   월   일

끄적끄적

주변 사람들이 말하는
당신의 좋은 점은 무엇인가요?
당신도 그 이야기에 동의하나요?

년   월   일

년   월   일

년   월   일

끄적끄적

‘나 좀 괜찮은듯’ 이런 생각이
들었던 순간이 있다면 적어보세요.

년   월   일

년   월   일

핑구는 가장 좋아하는 생선 요리를
배고픈 친구한테 나눠줬을 때
그런 생각이 들었어요.

년   월   일

끄적끄적

꼭 고치고 싶은 단점이 있다면
어떤 건가요?

년   월   일

년   월   일

년   월   일

끄적끄적

당신이 자주 반복하는
실수는 뭔가요?

년   월   일

년   월   일

핑구는 늘 숙제를 미루다 혼나요!

년   월   일

끄적끄적

지금의 당신을 만든 가장 큰 경험이나
사건은 뭐라고 생각하나요?
왜 그게 그렇게 중요했을까요?

년   월   일

년   월   일

년   월   일

끄적끄적

예전의 나에게 조언을 해줄 수 있다면, 가장 먼저 해주고 싶은 말은 무엇인가요?

년   월   일

년   월   일

년   월   일

끄적끄적

힘들었지만 스스로 잘 해냈다고
느낀 일이 있다면 어떤 건가요?
그때 어떻게 이겨냈는지도 함께 적어보세요.

년   월   일

년   월   일

년   월   일

끄적끄적

앞으로 어떤 사람이 되고 싶나요?
구체적인 모습이나 가치관이 있다면
적어보세요.

년　　월　　일

년　　월　　일

핑구는 따뜻하고 든든한 펭귄이 되고 싶어요.
다들 바람을 맞을 때,
옆에 서서 바람을 막아줄 수 있는 그런 존재!

년   월   일

끄적끄적

그런 사람이 되기 위해 지금부터
어떤 노력을 해볼 수 있을까요?

년   월   일

년   월   일

년   월   일

끄적끄적

경제적 자유

돈과 자유, 마음의 온도 맞추기

돈이라는 건 우리에게 진정한 자유를 줄 수 있는 걸까요? 펭귄에게 돈은 맛있는 물고기 같은 거죠. 물고기가 많으면 배가 부르고, 더 신나게 썰매를 탈 수도 있어요. 하지만 물고기가 많다고 해서 마음까지 항상 편안한 건 아니에요.

우리는 살면서 돈 때문에 기쁘기도 하고, 돈 때문에 밤잠을 설치기도 해요. 당신이 처음 돈을 벌었을 때의 그 벅찬 기쁨, '이제 내가 이 돈으로 뭘 할 수 있을까?' 하고 생각하던 그 순간을 기억하나요? 그건 단순히 돈을 벌었다기보다, 스스로 세상에 발을 딛고 독립했다는 용기를 얻은 거예요. 하지만 시간이 지나면서 돈은 자유가 아닌, 왠지 모를 불안함이나 고민의 씨앗이 되기도 하죠. 끊임없이 새어나가는 고정 지출을 보며 마음이 차가운 빙하처럼 얼어붙을 때도 있을 거예요.

이 장의 질문들을 통해 당신이 돈을 어떻게 대하고 있는지를 알아볼 수 있어요. 돈을 가장 아낌없이 쓰는 항목은 무엇인가요? 당신이 기꺼이 지갑을 여는 곳, 바로 그곳에 가장 소중하게 여기는 가치가 숨어 있을 거예요.

진정한 부자는 통장에 숫자가 많은 사람이 아니라, 자기가 원하는 곳에 마음껏 쓸 수 있는 사람이라고 생각해요. 그게 시간을 사는 것이든, 사랑하는 사람과 나누는 경험을 사는 것이든 말이에요. 가진 돈을 어떻게 쓰느냐에 따라, 삶의 만족도와 마음의 온도는 완전히 달라집니다.

이제 당신이 생각하는 진짜 부자의 기준을 정해보고, 돈과 어떤 관계를 맺고 싶은지를 이 책에 채워보세요. 이 기록은 재정적인 목표뿐만 아니라, 삶의 가치를 명확하게 보여줄 거예요.

돈이 많아야 자유로워질 수 있을까요?
아니면 마음가짐에 달려 있는 걸까요?

년　　　월　　　일

년　　　월　　　일

년   월   일

끄적끄적

최근에 수입이 들어왔을 때,
어떤 기분이 들었나요?

년   월   일

년   월   일

년   월   일

끄적끄적

최근에 돈 때문에 가장 고민했던
순간은 언제인가요?

년   월   일

년   월   일

년   월   일

끄적끄적

고정 지출 중
줄이고 싶은 건 뭔가요?
왜 줄이고 싶은가요?

년   월   일

년   월   일

핑구는 장난감에 돈을 너무 많이 써요!

년   월   일

끄적끄적

이번에 당신이 돈을 가장 아낌없이 쓴 건 어떤 항목인가요?

년　　　월　　　일

년　　　월　　　일

년   월   일

끄적끄적

돈을 쓰면서 죄책감을
느낀 적 있나요?

년   월   일

년   월   일

년   월   일

끄적끄적

돈을 모으는 가장 큰 이유는 뭔가요?

년   월   일

년   월   일

년   월   일

끄적끄적

만약 통장에 갑자기
1억이 생긴다면,
제일 먼저 하고 싶은 건 뭔가요?

년   월   일

년   월   일

년   월   일

끄적끄적

돈 때문에 인간관계에
어려움을 겪었던
경험이 있나요?

　　　년　　　월　　　일

　　　년　　　월　　　일

년   월   일

끄적끄적

돈을 쓰면서
'가치 있는 소비였다'고
느낀 적은 언제인가요?

년   월   일

년   월   일

년   월   일

끄적끄적

당신이 생각하는
'부자'의 기준은 무엇인가요?

년   월   일

년   월   일

년　　　월　　　일

끄적끄적

잘 먹고 잘 살기

핑구는 하루 종일 뒤뚱거리며 눈밭을 걷고, 신나게 썰매를 타요. 그러다 문득 몸이 '이제 좀 쉬자!' 하고 신호를 보낼 때가 있죠. 당신의 몸도 마찬가지일 거예요. 피곤함, 알 수 없는 통증, 자꾸만 먹고 싶은 달콤한 음식들. 이 모든 것이 사실은 몸이 당신에게 말을 걸고 있는 방식이에요.

하지만 우리는 몸이 보내는 작은 신호들을 무시하고, '괜찮아, 이 정도는 버틸 수 있어'라고 스스로를 다그치곤 해요. 나도 모르게 자꾸만 손이 가는 음식(펭귄에게는 달콤한 케이크 같은 것)을 먹는 이유는 뭘까요? 그 순간의 행복감이 지금의 피로함을 잠시 잊게 해준다고 믿기 때문일 거예요.

이 장의 질문들은 당신에게 '몸의 언어'를 배우는 기회를 줄 거예요. 당신이 어떤 운동을 좋아하고, 왜 그만뒀는지, 요즘 가장 즐겨 먹는 음식은 무엇인지 기록하는 것은 당신이 스스로를 어떻게 대하고 있는지를 알아내는 과정이에요. 중요한 건 누가 시켜서 하는 운동이나, 억지로 참는 식단이 아닙니다. 당신의 몸이 '이건 신난다!' '이건 맛있다!' 하고 기분 좋게 반응하는 목록을 만드는 것이 중요해요.

가장 중요한 질문은 '너는 어떻게 회복하니?'일 거예요. 우리 몸은 무너져 내리기 전에 반드시 작은 신호를 보내거든요. 그 신호를 알아차리고, 나에게 맞는 회복 방법(따뜻한 차를 마시거나, 좋아하는 노래를 듣거나, 그냥 잠을

자는 것)을 기록하는 건, 가장 든든한 자기 방어 능력이 될 거예요.

몸과 마음이 서로에게 가장 좋은 친구가 될 수 있도록, 당신이 실천하는 건강 습관과 회복 방법을 여기에 빠짐없이 채워보세요.

지금 하고 있는 운동은 뭔가요?
당신에게 잘 맞는 것 같나요?

____

　　년　　월　　일

____

　　년　　월　　일

년   월   일

끄적끄적

지금은 안 하지만
예전에 해봤던 운동은 무엇인가요?
왜 그만뒀나요?

년   월   일

년   월   일

년   월   일

끄적끄적

앞으로 해보고 싶은
운동이 있다면 뭔가요?

년   월   일

년   월   일

핑구는 번지점프를 해보고 싶어요
무섭지만 해내면 멋질 것 같거든요.

년   월   일

끄적끄적

가장 즐겨 먹는 간식은
무엇인가요?

년   월   일

년   월   일

년   월   일

끄적끄적

225

요즘 당신이 가장 좋아하는 음식은 무엇인가요?

년　월　일

년　월　일

년   월   일

끄적끄적

바쁘고 지칠 때,
당신의 몸이 보내는 신호는
어떤 걸까요?

년　　　월　　　일

년　　　월　　　일

년   월   일

끄적끄적

229

몸과 마음이 모두 지쳤을 때,
당신만의 회복 방법이 있다면
무엇인가요?

년   월   일

년   월   일

년   월   일

끄적끄적

요즘 당신의 수면 컨디션은
어떤 것 같나요?

년   월   일

년   월   일

년   월   일

끄적끄적

건강을 위해
요즘 실천하고 있는 게 있다면
어떤 건가요?

년   월   일

년   월   일

년   월   일

끄적끄적

식사, 운동, 휴식 중에서
지금 당신에게
가장 부족한 건 뭔가요?

년   월   일

년   월   일

년   월   일

끄적끄적

지금의 당신에게 '진짜 건강하다'는 건
어떤 상태일까요?

년   월   일

년   월   일

년   월   일

끄적끄적

내 마음의 소리

결국 너의 뿌리, 널 안아줄게

자, 이제 마지막 문 앞에 도착했어요. 당신은 지금 이 책의 표지를 처음 열었을 때와는 조금 다른 사람이 되어 있을 거예요. 어쩌면 당신이 몰랐던 새로운 나를 발견했을 수도 있고, 아니면 늘 알고 있었지만 외면했던 진짜 마음을 마주했을 수도 있겠죠. 100가지 질문에 답하는 이 긴 여행을 포기하지 않고 여기까지 걸어온 당신에게 진심으로 박수를 보내주고 싶어요.

이 책을 채우는 동안, 우리는 기쁜 순간뿐만 아니라 숨기고 싶었던 불안, 후회했던 실수, 그리고 감히 입 밖으로 꺼내지 못했던 가장 깊은 생각까지도 함께 들여다봤어요. 그 모든 기록들이 합쳐져서 지금의 '나'라는 가장 소중한 이야기를 만들고 있는 거예요.

당신은 완벽하지 않을 수도 있습니다. 가끔 넘어지고, 뒤뚱거리고, 잘못된 선택을 할 때도 있을 거예요. 하지만 이 책은 당신이 얼마나 열심히 하루하루를 살아왔는지, 얼마나 용감하게 당신의 마음을 지켜왔는지를 증명하는 가장 든든한 증거가 될 거예요. 이 기록은 당신을 비난하기 위한 것이 아니라, 따뜻하게 안아주기 위한 것이니까요.

이제 마지막 질문 하나만 남았어요. 이 질문은 이 책의 모든 기록을 통틀어 가장 중요한 대화가 될 거예요. 긴 여행 끝에, 드디어 당신의 마음 깊은 곳에서 울려 퍼지는 진정한 목소리를 들을 차례입니다. 당신이 가장 든고 싶었던 말, 혹은 앞으로의 나에게 꼭 해주고 싶었던 말을 여기에 남김없이 적어 내려가보세요.

괜찮아, 고마워, 사랑해. 어떤 말이든 좋아요. 이제 스스로에게 이 책을 채운 용기에 대한 가장 큰 선물을 건네주세요.

지금 이 순간,
자신에게 꼭 해주고 싶은
한마디는 무엇인가요?

년   월   일

년   월   일

핑구는 이렇게 생각할 거예요.
"오늘도 잘 굴러왔어 핑구야. 좀 뒤뚱거려도 괜찮아.
넌 펭귄이니까! 눈 좀 털고, 푹 쉬자."

년   월   일

끄적끄적

자유롭게 써보세요

자유롭게 써보세요

자유롭게 써보세요

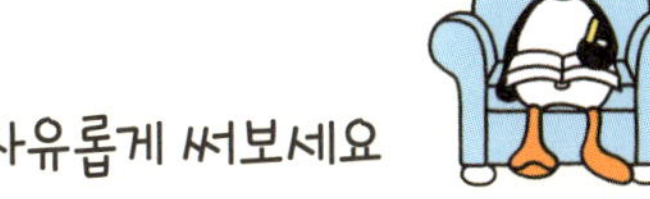

자유롭게 써보세요

자유롭게 써보세요

핑구와 함께 하는,
100문 100답

초판 1쇄 인쇄 2026년 3월 3일
초판 1쇄 발행 2026년 3월 30일

펴낸이 | 金滇珉
펴낸곳 | 북로그컴퍼니
책임편집 | 한홍비
디자인 | 김승은
주소 | 서울시 영등포구 영등포로 150, 생각공장 당산 B동 506호
전화 | 02-738-0214
팩스 | 02-738-1030
등록 | 제2010-000174호

ISBN 979-11-6803-127-2 03840

Copyright © 2026, 북로그컴퍼니

· 잘못된 책은 구입하신 곳에서 바꿔드립니다.
· 이 책은 북로그컴퍼니가 저작권자와의 계약에 따라 발행한 책입니다. 저작권법에 의해 보호받는 저작물이므로, 출판사와 저자의 허락 없이는 어떠한 형태로도 이 책의 내용을 이용할 수 없습니다.